스마트폰으로 보내는 손편지

Denstory

스마트폰으로 보내는 **손편지**

사랑, 지혜, 행복, 위로, 희망
인생에 꼭 필요한 문장들을 모았습니다.

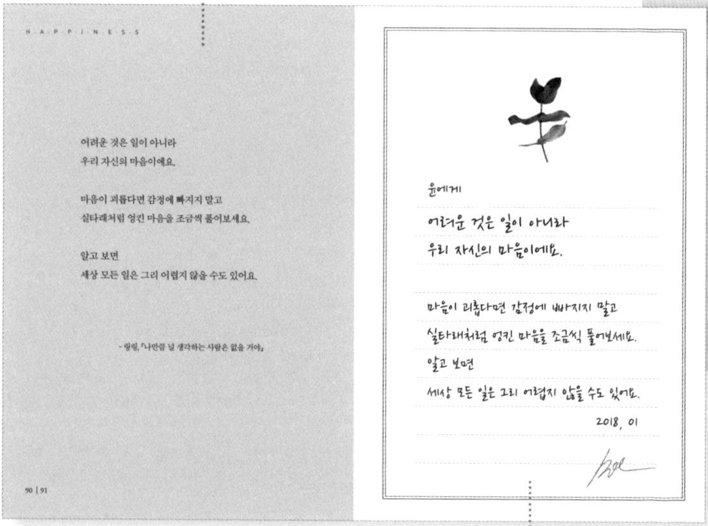
H·A·P·P·I·N·E·S·S

어려운 것은 일이 아니라
우리 자신의 마음이에요.

마음이 괴롭다면 감정에 빠지지 말고
실타래처럼 엉킨 마음을 조금씩 풀어보세요.

알고 보면
세상 모든 일은 그리 어렵지 않을 수도 있어요.

- 링링, 『나만큼 널 생각하는 사람은 없을 거야』

90 | 91

윤에게

어려운 것은 일이 아니라
우리 자신의 마음이에요.

마음이 괴롭다면 감정에 빠지지 말고
실타래처럼 엉킨 마음을 조금씩 풀어보세요.
알고 보면
세상 모든 일은 그리 어렵지 않을 수도 있어요.

2018, 01

사랑하는 사람에게 전하고 싶은 글을
연필로 옮겨 적으세요.

손편지 쓴 부분을 핸드폰으로 찍어 보내면
백 마디 말보다 따뜻한 진심이 전달됩니다.

c o n t e n t s

1 | 사랑

2 | 위로

3 | 지혜

4 | 행복

5 | 희망

1

사랑

강과 사랑의 닮은 점 중에 가장 놀라운 건,

결코 마르지 않는다는 점이야.

가뭄이 들면 얕아지고

심하면 없어져 버린 것처럼 보이기도 하지.

하지만 강은 절대로 사라지지 않아.

- 아멜리 노통브, 『공격』

에게

가

아름다운 입술을 갖고 싶으면,
친절하게 말하라.

사랑스러운 눈을 갖고 싶으면,
사람들에게서 좋은 점을 보라.

날씬한 몸매를 갖고 싶으면,
네 음식을 배고픈 사람과 나눠라.

아름다운 머리카락을 갖고 싶으면,
하루에 한 번 어린이가 손가락으로
네 머리를 쓰다듬게 하라.

아름다운 자세를 갖고 싶으면,
너 혼자 걷고 있지 않음을 명심하며 걸어라.

- 오드리 헵번, <아들에게 보낸 크리스마스 이브 편지>

To.

From.

여백이 있는 방은 빛으로 채워진다.

물건이 거의 없는 방에서는

찻잔 하나도 존재감을 가진다.

책 한 권이나 친구의 얼굴도 마찬가지다.

여백이 있는 공간에서는

모든 게 작품이 되고 매 순간이 소중한 시간이 된다.

- 도미니크 로로, 『심플하게 산다』

To.

From.

미래의 사랑이란 없다.

사랑이란 언제나 지금 일어나고 있는 활동이다.

사랑을 지금 보여주지 않으면

사랑이 없는 사람이다.

- 톨스토이, 『인생론』

내가 이제야 깨달은 것은
사랑을 포기하지 않으면
기적은 정말 일어난다는 것.
누군가를 사랑하는 마음은
숨길 수 없다는 것.
……
마음의 상처를 치유하는 것은
시간이 아니라 사랑이라는 것.
부모님이 돌아가시기 전에 단 한번이라도
사랑한다는 말을 하지 못하는 것은
영원한 한이 된다는 것.

- 페페, <필리핀 신부가 불치병으로 삶을 정리하면서 쓴 글>

다른 사람에게는 결코 열어주지 않는 문을

당신에게만 열어주는 사람이 있다면

그 사람이야말로 당신의 진정한 친구다.

- 생 텍쥐페리, 『어린왕자』

머리와 입으로 하는 사랑에는 향기가 없다.

진정한 사랑은 이해, 포용, 자기낮춤이 선행된다.

사랑이 머리에서 가슴으로 내려오는 데

70년이 걸렸다.

- 김수환 추기경, 『바보가 바보들에게』

여행했을 때, 집으로 돌아와야 여행입니다.
집으로 돌아오지 못하면 방랑이 됩니다.
집으로 돌아와야 하루가 마무리됩니다.
집으로 돌아오지 못하면 외박이 됩니다.
집은 나의 시작이자 나의 끝입니다.
집은 가족의 장소이자 휴식의 장소입니다.

- 이창현, 『내 마음속의 울림 365』

서로 사랑하며

채소를 먹고 사는 것이

서로 미워하며

기름진 쇠고기를 먹고 사는 것보다 낫다.

- 잠언, 15장 17절

To.

From.

나는 가끔 후회한다.
그때 그 일이
노다지였을지도 모르는데……
그때 그 사람이
그때 그 물건이
노다지였을지도 모르는데……
더 열심히 파고들고
더 열심히 말을 걸고
더 열심히 귀 기울이고
더 열심히 사랑할 걸……
……
모든 순간이 다아
꽃봉오리인 것을,
내 열심에 따라 피어날
꽃봉오리인 것을!

- 정현종, <모든 순간이 꽃봉오리인 것을>

멀리 있는 사람을 사랑하기는 쉽다.

가까이 있는 사람을 사랑하기란 항상 쉬운 것만은 아니다.

기아로부터 사람들을 구제하기 위해서

한 움큼의 쌀을 주는 것이 자신의 집에 있는 이의

외로움과 고통을 덜어주는 것보다 더 쉽다.

당신의 집에 사랑을 가져다 주어라.

가정이야말로 우리의 사랑이

시작되는 곳이어야 하기 때문이다.

- 마더 테레사

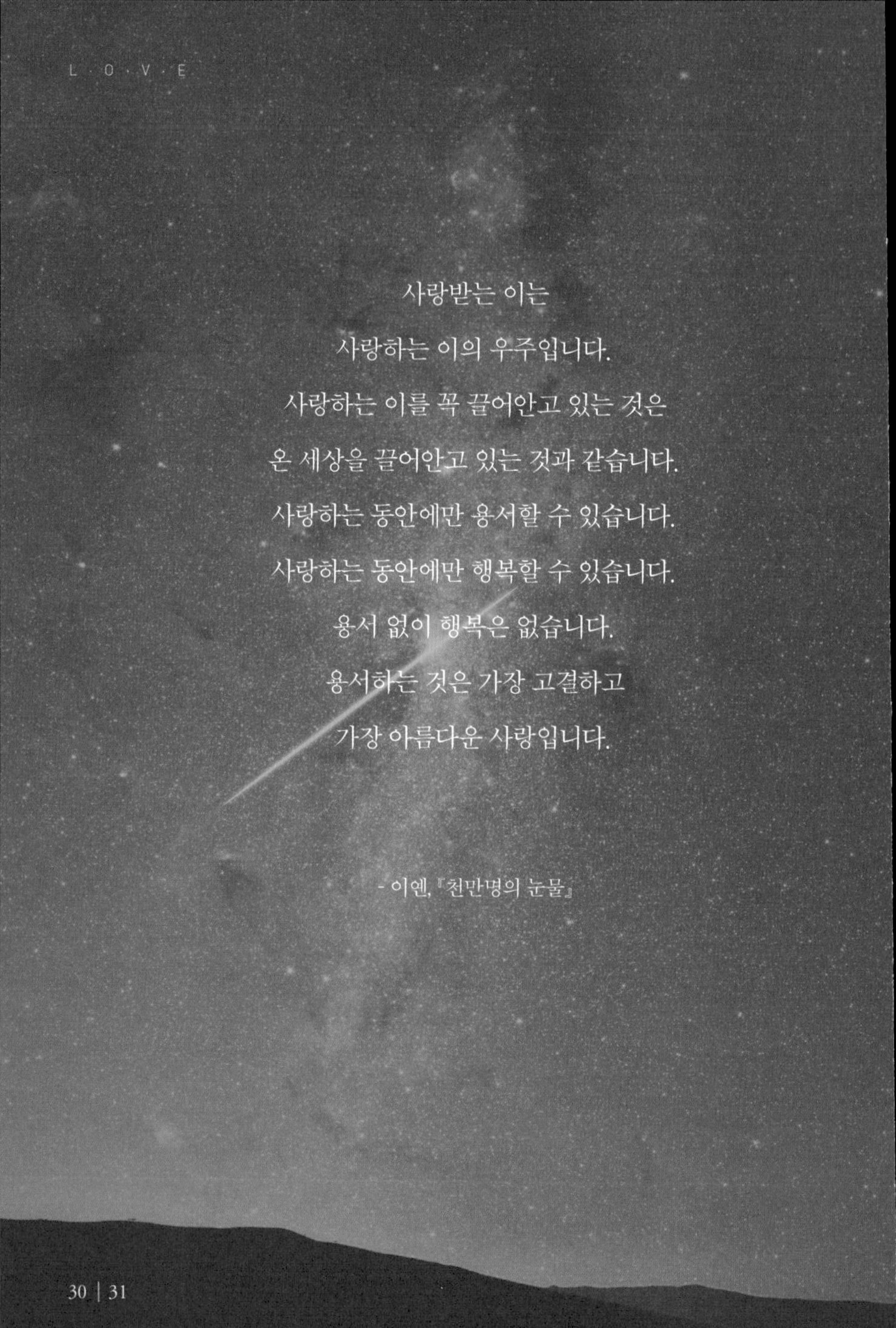

사랑받는 이는

사랑하는 이의 우주입니다.

사랑하는 이를 꼭 끌어안고 있는 것은

온 세상을 끌어안고 있는 것과 같습니다.

사랑하는 동안에만 용서할 수 있습니다.

사랑하는 동안에만 행복할 수 있습니다.

용서 없이 행복은 없습니다.

용서하는 것은 가장 고결하고

가장 아름다운 사랑입니다.

- 이엔,『천만명의 눈물』

향기를 내뿜는 꽃은 누가 그 향기를 맡는지,
누가 향기에 등을 돌리는지 신경 쓰지 않는다.
사랑도 그렇다.
사랑은 기억이 아니다.
사랑은 마음이나 머리와 관련된 것이 아니기 때문이다.
두려움, 탐욕, 시기, 절망, 희망 같은
존재의 모든 문제들을 이해하고 해결하면,
사랑은 연민처럼 저절로 생겨난다.
그러므로 야심으로 가득한 사람은 사랑을 할 수 없다.

- 지두 크리슈나무르티, 『오늘을 살기 위하여』

2

위로

하늘의 따뜻한 바람이
그대 집 위로 부드럽게 일기를
위대한 신이 그 집에
들어가는 모든 이들을 축복하기를.
그대의 모카신 신발이
눈 위에 여기저기 행복한
흔적을 남기기를,
그리고 그대 어깨 위로 늘 무지개 뜨기를.

- 체로키 인디언, <축원 기도>

다른 사람들이 자신을

어떻게 생각할지 걱정하지 마세요.

대개의 경우, 사람들은

여러분에 대해 생각하지 않습니다.

그들은 오히려

여러분이 그들을

어떻게 생각할지 걱정하니까요.

- 롤랑 바르트, 『사랑의 단상』

님께

드림

하나님, 바꿀 수 없는 것은

받아들이는 평온을,

바꿀 수 있는 것은 바꾸는 용기를,

그리고 그 차이를 구별하는

지혜를 주옵소서.

하루하루를 살게 하시고,

한 순간 한 순간을 누리게 하시고,

고난이 평화에 이르는 길임을 받아들이게 하소서.

- 라인홀드 니부어, <평온을 구하는 기도>

삶이 그대를 속일지라도
슬퍼하거나 노여워 말라.
슬픔의 날을 참고 견디면
기쁨의 날이 오리니

마음은 미래를 사는 것
현재는 한없이 우울한 것
모든 것 하염없이 사라지나
지나가 버린 것 그리움이 되리니

- 푸쉬킨, 〈삶이 그대를 속일지라도〉

To.

From.

1. 몸에 병이 없기를 바라지 마라.

2. 세상살이에 곤란함이 없기를 바라지 마라.

3. 공부하는 데 마음에 장애가 없기를 바라지 마라.

4. 수행하는 데 마 없기를 바라지 마라.

5. 일을 꾀하되 쉽게 되기를 바라지 마라.

6. 친구를 사귀되 내가 이롭기를 바라지 마라.

7. 남이 내 뜻대로 순종해 주기를 바라지 마라.

8. 공덕을 베풀려면 과보를 바라지 마라.

9. 이익을 분에 넘치게 바라지 마라.

10. 억울함을 당해서 밝히려고 하지 마라.

- 보왕삼매론*

*수행과정에서 나타나는 장애를 극복하기 위한 10가지 지침을 담고 있는 글
중국 명나라 묘협 스님의 저서 중에서 가려 뽑음

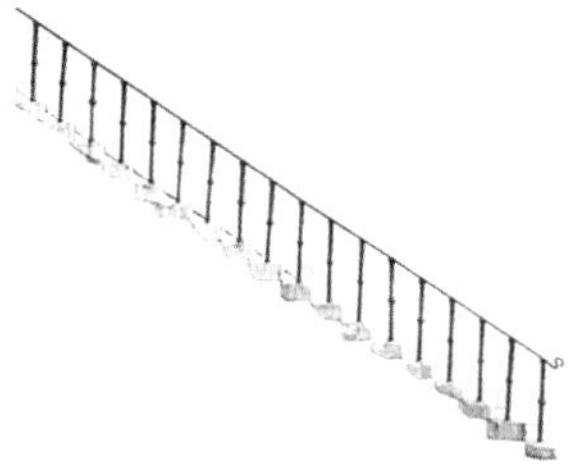

소금 3퍼센트가 바닷물을 썩지 않게 하듯이
우리 마음 안에 나쁜 생각이 있어도
3퍼센트의 좋은 생각이
우리의 삶을 지탱해준다.

-장영희, 『살아온 기적, 살아갈 기적』

To.

From.

무한히 낙담하고
자책하는 그대여
끝없이 자신의 쓸모를
자문하는 영혼이여
고갤 들어라.
그대도 오늘
누군가에게 위로였다.

- 이훤, 『너는 내가 버리지 못한 유일한 문장이다』

이 세상에서 영원한 것은 아무것도 없다.
어떤 어려운 일도,
어떤 즐거운 일도 영원하지 않다.

모두 한때이다.
한 생애를 통해 어려움만 지속된다면
누가 감내하겠는가.
다 도중에 하차하고 말 것이다.

좋은 일도 그렇다.
좋은 일도 늘 지속되지는 않는다.
그러면 사람이 오만해진다.

- 법정, 『살아있는 것은 다 행복하라』

나는 불완전하고 작은 존재이기 때문에

실수할 수 있고 잘못할 수 있다.

그래도 괜찮다.

외로울 때도 있고 두려울 때도 있다.

그게 정상이다.

잘난 때도 있고 못난 때도 있다.

옳을 때도 있고 틀릴 때도 있다.

그게 나다. 그래도 괜찮다.

- 김용태, 『가짜 감정』

To.

From.

가끔 우리도 겨울잠을 잤으면
좋겠다는 생각을 한다.
지나간 계절들을 살아오며 지쳤던 마음이
아무런 생각도 하지 않고 가만히 누워
긴 잠을 잘 수 있었으면.
행복한 불행, 기대와 실망,
사랑과 미움 같은 건 전부 내려놓고서.
그러면 아마 조금 더 건강한 마음으로
봄을 맞을 수 있겠지.

- 하현, 『달의 조각』

에게

가

세상의 모든 사람들이 나를 좋아해줄 수는 없습니다.

누군가 나를 싫어하면 싫어하든 말든

그냥 내버려두고 사십시오.

싫어하는 것은 엄격히 말하면 그 사람 문제지

내 문제는 아닙니다.

- 혜민 스님, 『멈추면, 비로소 보이는 것들』

3

지혜

인생은 흘러가는 것이 아니라 채워지는 것이다.
우리는 하루하루를 보내는 것이 아니라
내가 가진 무엇으로 채워가는 것이다.

- 존 러스킨

가장 큰 실수는

포기해버리는 것.

가장 어리석은 일은

남의 결점만 찾아내는 것.

가장 심각한 파산은

의욕을 상실한 텅 빈 영혼.

가장 나쁜 감정은

질투.

그리고 가장 좋은 선물은

용서.

- 프랭크 크레인, 〈가장 좋은 선물은 용서〉

To.

From.

누구에게도 많은 것을 기대하지 말 것.

그리고 질투하지 말 것.

사랑하면 곁에 머물 것이고

아니면 떠나는 것이

사람의 인연이다.

그러니 많은 것에 연연하지 마라.

그리고 항상 배우는 자세를 잃지 말고

자신을 아낄 것.

- 비비안 웨스트우드

To.

From.

생각을 조심하세요.

언젠가 말이 되니까.

행동을 조심하세요.

언젠가 습관이 되니까.

습관을 조심하세요.

언젠가 성격이 되니까.

성격을 조심하세요.

언젠가 운명이 되니까.

- 마더 테레사

사람을 판단하는 최고의 척도는
안락하고 편안한 시기에
보여주는 모습이 아닌,
도전하며 논란에 휩싸인 때
보여주는 모습이다.

- 마틴 루터 킹

우리는 산다는 것이 무엇을 뜻하는지
모르기 때문에 두려워 한다.
우리는 어떻게 살아야 하는지를 모르며,
따라서 어떻게 죽어야 하는지도 모른다.
우리가 삶을 두려워하는 한 죽음을 두려워하게 될 것이다.
삶을 두려워하지 않는 사람은
불안전한 것을 두려워하지 않는다.
왜냐하면 그는 안전이 없다는 것을 내적으로,
심리적으로 이해하기 때문이다.
안전이 없으면 끝없는 움직임이 있으며,
그래서 삶과 죽음은 같은 것이다.

- 지두 크리슈나무르티, 『아는 것으로부터의 자유』

건강은 최상의 이익,

만족은 최상의 재산,

신뢰는 최상의 인연이다.

그러나 마음의 평안보다 더 행복한 것은 없다.

- 법구경*

*부처의 기본적인 가르침을 짧은 경구로 적어놓은 교훈집

바람을 마주하여 먼지를 털면

그 먼지가 다시 자신에게로 돌아오듯이

미움을 미움으로 대하면

그 미움은 반드시 자신에게로 돌아온다.

미워하는 사람이나 미움을 미움으로 대하는 사람은

그 누구든 재앙을 벗어나지 못하나니

원망을 원망으로 갚지 마라.

그것이 원수를 항복 받을 수 있는 유일한 길이다.

- 잡아함경*

*원시 불교 경전의 하나

그대 자신의 영혼을 탐구하라.

다른 누구에게도 의지하지 말고

오직 그대 혼자의 힘으로 하라.

그대의 여정에 다른 이들이 끼어들지 못하게 하라.

이 길은 그대만의 길이요,

그대 혼자 가야할 길임을 명심하라.

비록 다른 이들과 함께 걸을 수는 있으나

다른 그 어느 누구도

그대가 선택한 길을 대신 가줄 수 없음을 알라.

- 인디언 격언

To.

From.

겸손은 사람을 머물게 하고
칭찬은 사람을 가깝게 하고
넓음은 사람을 따르게 하고
깊음은 사람을 감동케 한다.

- 정약용, 『목민심서』

한 사람의 내면을
아주 짧은 시간 내에 알고자 한다면,
굳이 그 사람의 침묵이나 말, 눈물,
그리고 그가 고매한 생각에
얼마나 좌우되는지를 분석하려 하지 마라.
그 사람의 웃는 모습을 지켜보는 것만으로도
많은 것을 알 수 있다.
잘 웃는 사람이 선한 사람이다.

- 도스토옙스키

To.

From.

병어리처럼 침묵하고 임금처럼 말하며
눈처럼 냉정하고 불처럼 뜨거워라.
태산 같은 자부심을 갖고
누운 풀처럼 자신을 낮추어라.
임금처럼 위엄을 갖추고
구름처럼 한가로워라.
역경을 참아 이겨내고
형편이 잘 풀릴 때를 조심하라.
재물을 오물처럼 볼 줄 알고
터지는 분노를 잘 다스려라.

- 잡보장경*

*121가지의 짧은 설화로 이루어진 경전

에게

보냄

4

행복

모든 것이 아름답다.

내 앞의 모든 것이 아름답고,

내 뒤의 모든 것이 아름답다.

내 아래의 모든 것이 아름답고,

내 둘레의 모든 것이 아름답다.

- 나바호족, <인디언의 노래>

행복을 수중에 넣는 유일한 방법은
행복 그 자체를
인생의 목적으로 생각하지 말고
행복 이외의
어떤 다른 목적을
인생의 목적으로 삼는 일이다.

- 존 스튜어트 밀

어려운 것은 일이 아니라
우리 자신의 마음이에요.

마음이 괴롭다면 감정에 빠지지 말고
실타래처럼 엉킨 마음을 조금씩 풀어보세요.

알고 보면
세상 모든 일은 그리 어렵지 않을 수도 있어요.

- 링링, 『나만큼 널 생각하는 사람은 없을 거야』

To.

From.

두려움은 적게, 희망은 많이

먹기는 적게, 씹기는 많이

푸념은 적게, 호흡은 많이

미움은 적게, 사랑은 많이 하라.

그러면 세상의 모든 좋은 것이 당신의 것이다.

- 송정림, 『참 좋은 당신을 만났습니다』

같은 꽃을 보고도
한숨지으며 눈물 뿌리는 사람이 있고,
웃고 노래하는 사람도 있습니다.
그렇다고
노래하는 꽃이,
눈물 뿌리는 꽃이 따로 있나요?
자기 마음을 중심으로
세계가 벌어지는 것이지요.

- 서암 스님

남는 것은 사랑이 있는
고생뿐인 것 같다.
죽을 때까지 그 마음을
간직할 수만 있다면
그는 모든 것을 잃어도
그보다 몇배나 소중한 것을 찾아
지니게 될 것 같다.
그렇게 살 수만 있다면.

- 김형석, 『백년을 살아보니』

1. 타인의 인생을 존중하라.
2. 다른 사람에게 관대하라.
3. 겸손하고 느릿한 삶을 살아라.
4. 삶의 여유를 찾아라.
5. 일요일은 가족과 함께 보내라.
6. 청년에게 좋은 일자리를 만들어줘라.
7. 자연을 사랑하고 돌봐라.
8. 남을 비난하는 부정적인 태도를 버려라.
9. 자신의 신념과 종교를 강요하지 마라.
10. 평화를 위해 행동하라.

- 프란치스코 교황, <행복을 위한 지혜 10가지>

To.

From.

내 모든 왕국은 이 세상에 있다.

인간을 초월한 행복이란 없다는 것을,

하루하루가 그려내는 윤곽선

그 바깥의 영원함이란 없다는 것을

나는 배운다.

- 알베르 카뮈

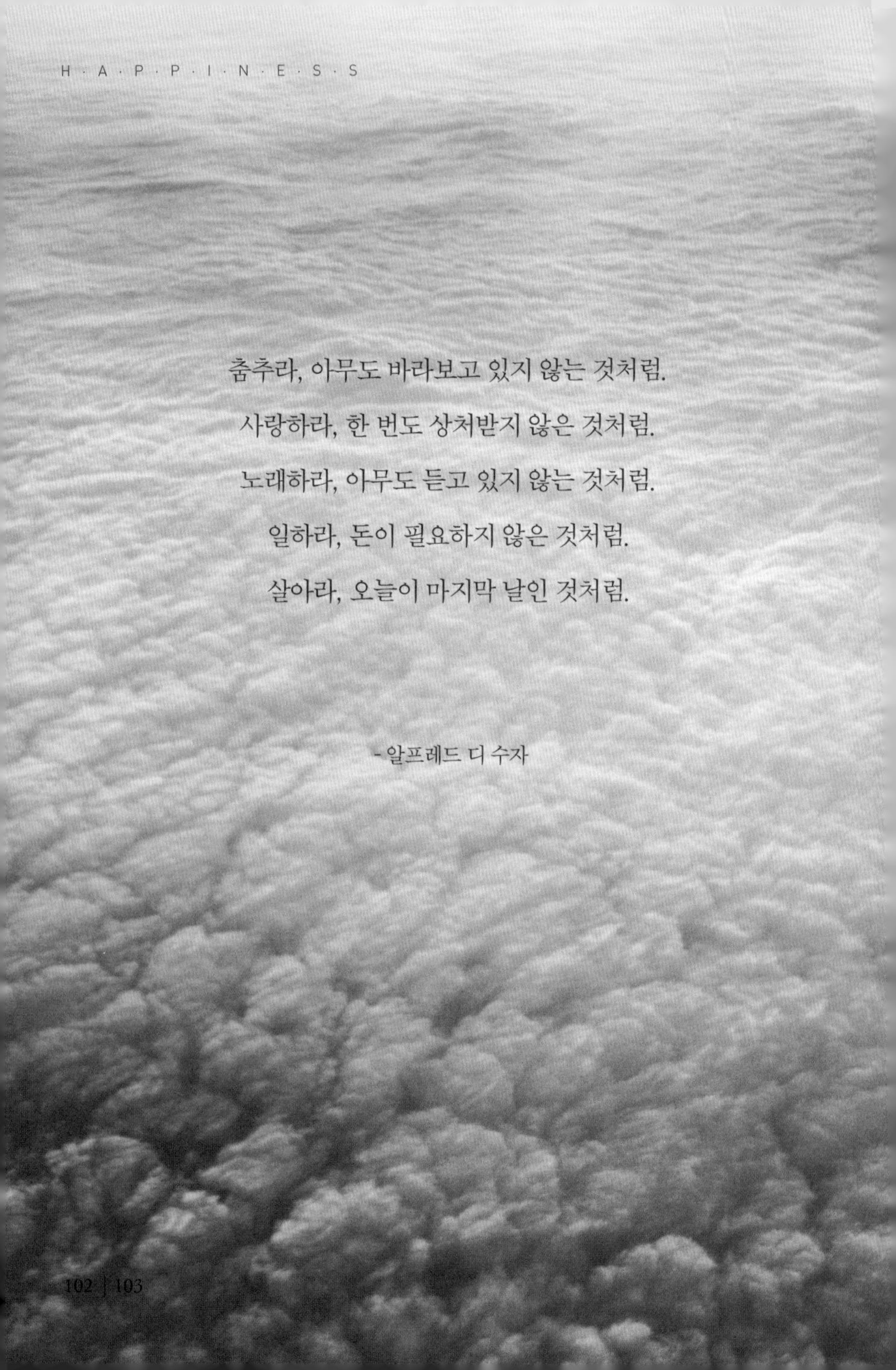

춤추라, 아무도 바라보고 있지 않는 것처럼.

사랑하라, 한 번도 상처받지 않은 것처럼.

노래하라, 아무도 듣고 있지 않는 것처럼.

일하라, 돈이 필요하지 않은 것처럼.

살아라, 오늘이 마지막 날인 것처럼.

-알프레드 디 수자

5

희망

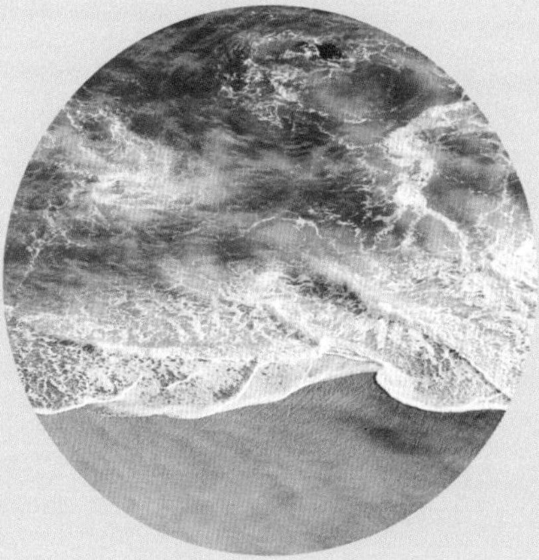

희망은 산과 같은 것이다.

저쪽에서는 기다리고,

단단히 마음먹고 떠난 사람들은

모든 산꼭대기에 도착할 수 있다.

산은 올라가는 사람에게만 정복된다.

- 셰익스피어

To.

From.

결코 넘어지지 않는 것이 아니라

넘어질 때마다 일어서는 것,

거기에 삶의 가장 큰 영광이 존재한다.

-넬슨 만델라

두려움과 진정으로 맞서 싸울 때
당신은 힘과 경험과
자신감을 얻는다.
당신은 당신이 할 수 없다고
생각하는 일을 해야만 한다

- 프랭클린 루즈벨트

To.

From.

그대가 값진 삶을 살고 싶다면

날마다 아침에 눈뜨는 순간 이렇게 생각하라.

오늘은 단 한 사람을 위해서라도 좋으니

누군가 기뻐할 만한 일을 하고 싶다고.

- 니체

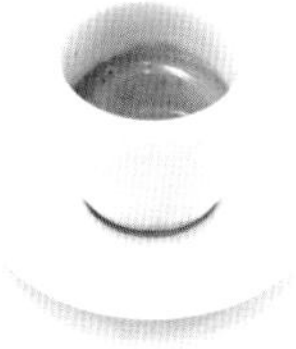

가장 훌륭한 시는 아직 쓰여지지 않았다.

가장 아름다운 노래는 아직 불려지지 않았다.

최고의 날들은 아직 살지 않은 날들

가장 넓은 바다는 아직 항해 되지 않았고

가장 먼 여행은 아직 끝나지 않았다.

불멸의 춤은 아직 추어지지 않았으며

가장 빛나는 별은 아직 발견되지 않은 별

무엇을 해야 할지 더이상 알 수 없을 때

그때 비로소 진정한 무엇인가를 할 수 있다.

어느 길로 가야 할지 더 이상 알 수 없을 때

그때가 비로소 진정한 여행의 시작이다.

- 나짐 히크메트, 〈진정한 여행〉

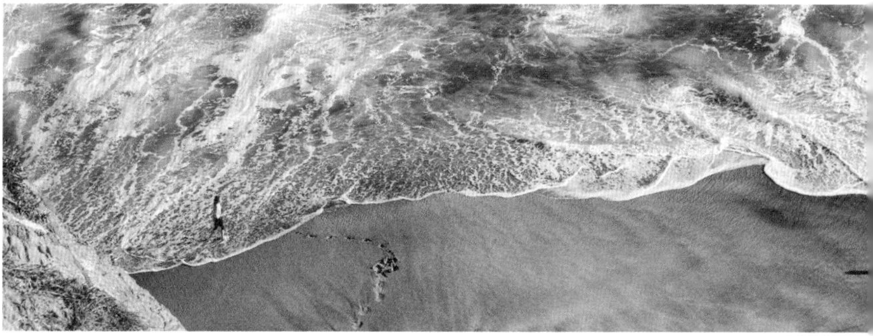

To.

From.

만약 여러분이

꿈꾸기를 멈추고 더 이상 원하는 것이 없이

편안함을 느낀다면, 더 이상 자라지 않는다는 뜻입니다.

사람이 나이가 들어 꿈꾸기를 멈추는 것이 아닙니다.

꿈꾸기를 멈추는 순간부터 나이가 드는 겁니다.

그러니 끊임없이 꿈에 투자하십시오.

- 덱스터 예거, 『끝없는 추구: 성공을 부르는 30가지 습관』

젊음은 가고 청춘은 온다
그러니까 젊음과 청춘은 다른 거야.
시간이 지나면 더 확실해져.
젊음은 꽃병에 들어 있는 꽃이라서
시간이 지나면 시들어 버리지만
청춘은 시간이 지나도 가슴에 남는
푸른 봄이거든.
이제부터 청춘으로 가는 길을 모색해 봐.
너의 젊음은 아직 많이 남았잖아.

-오선화, 『야매상담』

To.

From.

나는 오늘 하루를

나의 특별하면서도 평범한 마지막 날이라고 생각하며

온전하고 즐겁게 매일을 지내려 노력한다.

우리는 인생의 하루하루를 함께 시간 여행을 한다.

우리가 할 수 있는 최선은 이 멋진 여행을 즐기는 것뿐이다.

- 영화 <어바웃 타임>

뭐든 처음엔 서툴고 떨린다.

실수도 한다.

오늘도 처음 살아보는 오늘이다.

내일도 처음 살아보는 내일이다.

날마다 새롭고

날마다 서툴고

실수투성이 날들이다.

그래서 우리는 죽을 때까지

배워야 한다.

- 하명희,『따뜻하게, 다정하게, 가까이』

To.

From.

아무리 어둡고 험난한 길이라도
나 이전에 누군가는
이 길을 지나갔을 것이고,
아무리 가파른 고갯길이라도
나 이전에 누군가는
이 길을 통과했을 것이다.
아무도 걸어본 적이 없는 그런 길은 없다.
어둡고 험난한 세월에
비슷한 여행을 하는 모든 사람들에게
도움과 위로를 줄 수 있기를.

- 베드로시안, <그런 길은 없다>

To.

From.

| 출 처 |

1 | 사랑

공격	아멜리 노통브, 김민정 옮김, 열린책들, 2012
심플하게 산다	도미니크 로로, 바다출판사, 2012
바보가 바보들에게	김수환(추기경), 산호와진주, 2009
내 마음속의 울림 365	이창현, 다연, 2014
사랑할 시간이 많지 않다 중, 〈모든 순간이 꽃봉오리인 것을〉	정현종, 세계사, 2005
천만명의 눈물	이옌, 리베르(절판)
오늘을 살기 위하여	지두 크리슈나무르티, 판미동(절판)

2 | 위로

사랑의 단상	롤랑 바르트, 동문선, 2004
살아온 기적, 살아갈 기적	장영희, 샘터, 2009
너는 내가 버리지 못한 유일한 문장이다	이훤, 문학의 전당, 2016
살아 있는 것은 다 행복하라	법정, 조화로운 삶(절판)
가짜 감정	김용태, 덴스토리, 2014
달의 조각	하현, 빌리버튼, 2017
멈추면, 비로소 보이는 것들	혜민 스님, 수오서재, 2017

3 | 지혜

아는 것으로부터의 자유	지두 크리슈나무르티, 물병자리, 2002

4 | 행복

나만큼 널 사랑하는 사람은 없을 거야	링링, 덴스토리, 2016
참 좋은 당신을 만났습니다	송정림, 나무생각, 2013
백년을 살아보니	김형석, 덴스토리, 2016

5 | 희망

끝없는 추구: 성공을 부르는 30가지 습관	덱스터 예거, 나라(절판)
야매상담	오선화, 홍성사, 2015
따뜻하게, 다정하게, 가까이	하명희, 시공사, 2014

스마트폰으로 보내는 손편지

발행 초판 1쇄 2018년 2월 5일

엮음 Den 편집부

펴낸곳 ㈜알피스페이스
출판등록 제2012-000067호(2012년 2월 22일)
주소 서울 강남구 영동대로 315, B1
문의 02-2002-9880
블로그 the_denstory.blog.me

ISBN 979-11-85716-57-2 03800
값 7,800원

Denstory는 ㈜알피스페이스의 출판 브랜드입니다.
파본이나 잘못된 책은 구입하신 곳에서 바꿔드립니다.

이 도서의 국립중앙도서관 출판예정도서목록(CIP)은 서지정보유통지원시스템 홈페이지(seoji.nl.go.kr)와
국가자료공동목록시스템(www.nl.go.kr/kolisnet)에서 이용하실 수 있습니다. (CIP제어번호: CIP2018001878)